Mit Sack und Rute

SM-Kurzgeschichten zum Weihnachtsfest

Bibliografische Information Der Deutschen Bibliothek

Die Deutsche Bibliothek verzeichnet diese Publikation in der

Deutschen Nationalbibliografie; detaillierte bibliografische

Daten sind im Internet über http://dnb.ddb.de abrufbar

Impressum:

Sodermanns, Tim: Mit Sack und Rute
Inhalt © Tim Sodermanns, 2010
Herstellung und Verlag:
Books on Demand GmbH, Norderstedt
Coverfoto © iStockphoto.com/coloroftime

ISBN: 9-78383-9190876

www.SM-Weihnacht.de

Mit Sack und Rute

SM-Kurzgeschichten zum Weihnachtsfest

von

Tim Sodermanns

Zum Autor:

Tim Sodermanns wurde 1975 in Bergneustadt geboren, wuchs in Iserlohn auf und besuchte ab 1985 das Gymnasium der Stadt Erkelenz.

Nach erfolgreichem Abitur leistete er 1996 seinen Zivildienst ab und zog anschließend zum Studium der Soziologie in die Bundeshauptstadt Berlin.

Heute lebt der Autor in Berlin – Friedrichshain, ist Mitglied der Bundesvereinigung Sadomasochismus e.V. und gelegentlich beim D/s Stammtisch des BDSM Berlin e.V.

Was das bedeut't? Ei, seht doch an,
da frag ich grad' beim Rechten an!

Ihr schelmischen Gesichterchen,
ich merk's, ihr kennt die Lichterchen,

kennt schon den Mann mit spitzem Hute,
kennt auch den Baum, den Sack, die Rute.

Robert Reinick (1805-1852)

- Devot -

„Diese geile, verfickte Schlampe" denke ich, voller Überzeugung zwar, aber nur ganz leise natürlich.
Es ist mir klar, dass sowieso niemand außerhalb meines Kopfes die archaische Stimme darin hört, für die ein Mann meines Emanzipationsgrades sich ansonsten zurecht schämt, aber ich gehe trotzdem auf Nummer sicher.
Heimlich, möglichst ohne eine Miene dabei zu verziehen flüstere ich mit mir selbst, denn Vorsicht ist ja bekanntlich die Mutter der Porzellankiste.
Hemmungslos, wie ein hormonell auf Autopilot geschalteter, hochpubertärer Teenager glotze ich der Kleinen dabei auf den Arsch, wie sie sich reckt und Strähne für Strähne der Haare ihrer Kundin sorgfältig mit weißlicher Tönungscreme bestreicht.
Ist dies getan, bückt sie sich kurz nach der Alufolie, reißt ein Stück ab und fixiert die Tolle gekonnt.
„Bück dich, du Stück" kommentiert mein steinzeitliches Alter Ego auch diese Szene prompt, jedes Mal aufs Neue, Strähne für Strähne.
Ich lasse ihn genüsslich gewähren und grinse breit.

Wohl 20, höchstens 22 Jahre alt mag sie sein, das Ziel meiner Begierde, blond, naiv, knackig und frisch. Zudem voller Lebensfreude, nicht vom Alter gezeichnet und von Intellekt gebeugt wie ich, der 38jährige Lüstling mit dem Waschbärbauch, der sich die Wartezeit beim Friseur mit ihrem Anblick und einem Haufen wirklich schmutziger Gedanken vertreibt.

Neben mir sitzen noch zwei weitere Wartende, Kunden auf Abruf sozusagen, und starren mich von Zeit zu Zeit ob meines seltsamen Lächelns fragend an.

Vorsicht ist also wirklich geboten, denn Entrüstung macht sich schnell breit, wenn MANN in der Öffentlichkeit allzu deutlich stiert.

Der Laden, von häufig wechselnden Pächtern und deren Geschäftsideen deutlich gezeichnet, hat sicherlich schon bessere Zeiten gesehen, aber haben wir das nicht alle, auf die eine oder andere Art?

Runtergekommen und billig wirkt er, was zum 5-Euro-Tarif für den Herrenhaarschnitt bestens passt und zudem dafür sorgt, dass nur langzeitarbeitslose oder frischgebackene Friseurinnen sich hierher verirren.

Scheinbar gelangweilt lasse ich meinen Blick über Wände und Inventar schweifen, nur nicht zu lange verweilen, den wohlgeformten Körper der scharfen Tittenmaus dabei dennoch ständig im Blick.

Ihre flinken Hände, immer in Bewegung. Ihre wippenden Brüste, straff und prall wie ihr Arsch.

Beides vielleicht etwas ausladend und üppig für ihre ansonsten extrem schmale Figur, aber gerade das zieht mich an, das und der sich spannende Stoff über dem Äpfelchen, welches sich bei jeder Strähne und jedem Stück Folie so reizvoll bewegt.

In hautengem, glänzendem Latex stelle ich sie mir vor meinem inneren Auge vor, verlockende Reflexionen streichen plötzlich verspielt über glatt verhüllte, kalte Haut.

Auf allen Vieren sehe ich sie, an der kurzen Leine geführt, Ihren jugendhaften, unschuldigen Blick dabei schamvoll gesenkt, ihr Lidschatten von Tränen verschmiert.

Über den Tresen lehne ich sie in Gedanken, nackt, den Arsch schön weit ausgestellt, ihre makellosen Schenkel weit gespreizt, sehe weiße, samtene Haut, ihre langen Haare zum Pferdeschwanz gebunden in meiner fest geschlossenen Hand.

Ich höre förmlich ihr überraschtes Quieken, als ich plötzlich und hart von hinten in sie eindringe, sie weite, wohlig, feucht und warm.

Verschnürt wie ein kostbares und äußerst reizvolles Päckchen, liegt sie in meinen Tagträumen unter dem Tannenbaum, mit straff abgebundenen Eutern sehnsüchtig auf ihre Befreiung wartend, natürlich durch mich. Ob die Erlösung von den einschneidenden Fesseln wohl jetzt endlich kommt? Ich glaube es kaum, denn manchmal brauchen junge Dinger eben auch die harte Hand!

So geht das eine ganze Zeit.

Immer neue, immer erniedrigendere Spielchen fallen mir ein, die Haare eines in der Ecke auf dem Friseurstuhl sitzenden älteren Herren rieseln dazu auf den Boden wie Schnee, nur sammelt den anschließend niemand wieder auf.

Hier schon, ein junger Typ mit Besen kehrt alles an die nächstgelegene Wand, doch ich bekomme das kaum mit, bin ganz weit weg, eingetaucht in meine eigene, lüsterne Dimension.

„Der Nächste bitte" quäkt plötzlich diese etwas übergewichtige Kampflesbe am Spiegel linkerhand stehend und blickt mich dazu herausfordernd an.

Ich bin erschrocken, will mich erwehren, aber explizit einen Haarschnitt von der süßen Kleinen zu verlangen, dafür fehlt mir einfach der Mut.

Lustlos lasse ich alles über mich ergehen, samt gespielter Freude über den neuen Look, als das Trampeltier abschließend einen Kontrollspiegel hinter meinen frisch geschorenen Nacken hält.

Noch ein schneller, verstohlener Blick, ein Schein plus Trinkgeld über den Tresen gereicht und ich stehe auch schon draußen, auf der belebten Straße.

Den anschließenden Fußweg erledige ich wie in Trance. Paralysiert schleiche ich durch die Gassen, hinein in die um die Ecke liegende Videothek, Unterhaltung für den einsamen Abend besorgen.

„Devot?" fragt der ungepflegte Student hinter dem Tresen sicherheitshalber, während er in die Schublade greift und sodann den von mir gewählten, gleichnamigen Streifen von Igor Zaritzki mitnahmebereit auf den Tresen legt.

„Ja, leider" erwidere ich, greife die DVD und verlasse einigermaßen geschlagen das Geschäft.

- Petra, Lady Irene und ich -

Karl konnte sein Glück kaum fassen.

Ein freier Nachmittagstermin am Christtag, dem ersten Weihnachtsfeiertag also, das war nun wirklich nicht zu erwarten gewesen. An normalen Wochentagen war es sonst schon schwierig genug, einen passenden Termin bei Lady Irene im „Studio Fatal" zu ergattern, denn die langjährige und erfahrene Domina mit dem harten, osteuropäischen Akzent war nicht nur wohlbekannt, sondern genoss darüber hinaus auch in der Szene einen ausgezeichneten Ruf.

Seit fast einem halben Jahr besuchte Karl sie nun schon in ihrem Atelier, mindestens zwei Mal im Monat, und was über die Fertigkeiten dieser Dame allenthalben berichtet wurde, konnte er mittlerweile absolut bestätigen.

Ein voll ausgestattetes Studio mit Klinikraum, Gummiraum, Verliesen, Andreaskreuz und Folterbank, ermöglichte es ihm zu fliegen, zu kriechen, dem Alltag zu entfliehen, sich erniedrigen und grenzenlos gehen zu lassen -

wären da nur nicht diese anschließenden Gewissensbisse.

Lange hatte er überlegt, seine Frau an den Fantasien und heimlichen Sehnsüchten teilhaben zu lassen, ihr von seiner dunklen Seite zu berichten, wie er seine masochistische Veranlagung selber im Scherz gerne nannte, sich dann aber aus Angst dagegen entschieden.

Was wäre, teilte sie seine Neigungen nicht oder verurteilte sie gar?

Nein, das Risiko sie zu verlieren, die Frau an seiner Seite, die Geliebte und Mutter seines Sohnes, war einfach zu groß, um eingegangen zu werden, bedeutete dies gleichwohl auch Heimlichkeiten, Verleugnung und Betrug.

Anfangs war Karl verlegen gewesen, fast zu beschämt, die steinerne Treppe in diese andere Welt aus Lust und Schmerz bis zur metallenen Einsgangstüre des Studios hinab zu steigen, doch mittlerweile bedeutete dies für ihn prickelnde Erregung vor dem eigentlichen Beginn.

Es war nicht leicht gefallen, eine glaubhafte Ausrede für seine mehrstündige Abwesenheit von

der Familie zu finden, gerade heute nicht, am Fest
der Liebe, aber es war gelungen.

Frau und Sohnemann besuchten die liebe
Verwandtschaft, während er - laut eines getürkten
Anrufs eines seiner angeblichen Arbeitskollegen -
mal schnell im Büro vorbeischauen musste, wo die
IT-Anlage ausgerechnet zum bevorstehenden
Jahreswechsel wohl mal wieder spann.

Traurig war sie gewesen, seine Angetraute, aber
zum Abschied hatten sie ihn zärtlich geküsst, war
zum gemeinsamen Sohn in das vor der Türe
geparkte Auto gestiegen und er hatte sich
augenblicklich dafür gehasst. Was tat er da nur,
hinter dieser Türe, mit dieser anderen Frau, die sein
Innerstes berührte, wie er es zuvor noch nie erlebt
hatte?

Waren diese Stunden, wenngleich unbeschreiblich
schön, es wirklich wert, alles zu riskieren?

Bei Lady Irene war er Wachs, formbar und
gehorsam, ganz anders als in der sogenannten
normalen Welt. Dort musste er kämpfen, Stärke
zeigen und sich verstecken, hier nicht.

Routiniert, aber dennoch mit klopfendem Herzen,
drückte Karl auf den kleinen Knopf der

Gegensprechanlage des etwas zurückliegenden Hauses, statt im 50 Kilometer entfernten Aachen den selbst gebackenen Stollen seiner Schwiegereltern zu genießen, trat für die eingebaute Kamera einen Schritt zurück und wartete ab.

Es dauerte nicht lange, da erklang ein gebrochenes: „Sklave Karl, tritt ein" aus dem kleinen Lautsprecher neben der Türe, und schon sprang selbige auf, elektronisch von innen entriegelt.

„Sklave Karl", wie er diese Worte liebte, welche umgehend seine Nackenhaare aufstellten und ihn zu einer anderen Person werden ließen.

Noch ein kurzes, leises Knacken, als die Verbindung der Gegensprechanlage zu ihm unterbrochen wurde, schon trat Karl ein, schloss die schwere Türe sorgsam hinter sich und war allein. Der Empfangsraum, komplett in Schwarz- und Rottönen gehalten, welcher normalerweise dem Zweck eines Vorgesprächs auf Augenhöhe zwischen Kunden und Domina diente, war menschenleer.

Sonderlich überrascht war Karl davon nicht, waren Lady Irene die verständlichen Grenzen, wie zum

Beispiel keine sichtbaren Spuren bei ihm zu hinterlassen, doch längst bekannte.

Das kleine, sorgfältig gefaltete Briefchen auf dem Boden hingegen, erregte seine Aufmerksamkeit sofort.

„Sklave Karl" stand in sorgfältiger Handschrift geschrieben auf dem Umschlag, welchen selbiger bald ungeduldig aufriss, um an den sich darin befindenden Briefbogen zu gelangen.

„Zieh dich aus, tritt in meine Praxis ein und nimm auf dem Gynstuhl Platz", las er aufgeregt, mehr gab es fast nicht zu entdecken. Nur diese Zeilen und eine äußerst geschwungene Unterschrift, die Initialen seiner Herrin.

Gesagt, getan. Zügig entledigte Karl sich seiner Kleidung, darauf bedacht, keine Sekunde der ebenso kostbaren wie raren Zeit in dieser, seiner Traumwelt zu vergeuden, ging linker Hand in den gekachelten, diesmal ganz in weiß gehaltenen Raum, setzte sich breitbeinig auf das bereits erwähnte Möbelstück und harrte der Dinge, die da kommen mochten.

Es dauerte nicht lange, da kamen sie auch schon, und zwar in Gestalt seiner völlig gummierten

Herrin, welche - bekleidet mit einem kurzen Latexkleid samt langen, ebenfalls aus weißem Latex gefertigten dazu passenden Handschuhen und Strümpfen - durch die Verbindungstüre des Studios hinein in den einem Behandlungszimmer bis ins Detail nachempfundenen Raum trat.

Wortlos, dafür allerdings in Begleitung eines weiteren, ebenfalls völlig nackten Sklaven, betrat die groß gewachsene, schlanke Frau den Raum, näherte sich ihrem mit gespreizten Beinen dasitzenden Patienten und blieb dann doch gute zwei Schritte von ihm entfernt plötzlich stehen.

Karl war verunsichert. Nicht nur, dass es bisher noch nie weitere Involvierte bei seinen Besuchen hier oder im nebenan gelegenen Kerker des Hauses gegeben hatte, es handelte sich zudem auch noch um einen weiteren Sklaven, einen Mann also, den seine Herrin offenbar für die bevorstehende Session benötigte. Keinesfalls wollte er sie infrage stellen oder aus der ihm so lieb gewordenen Rolle als willenloser Diener fallen, dennoch aber öffnete Karl seinen Mund, wurde allerdings gestoppt, noch bevor seine Lippen den ersten Buchstaben seiner Frage formen konnten. Lady Irene war es nämlich bereits aufgefallen, wie erschrocken und unsicher ihr Kunde ob des Erscheinens einer weiteren Person zu sein schien, und es brauchte nur eine kleine Geste, einen ausgestreckten Zeigefinger vor ihrem Mund, ihn verstummen zu lassen.

Genauer gesagt, vor der schlitzartigen Öffnung der weißen Gummi-Vollmaske, welche ihr Gesicht ansonsten komplett verbarg. Lediglich kleine Öffnungen für Augen und Nasenlöcher waren neben der eben erwähnten Mundöffnung vorhanden, was sie komplett anonymisierte und ihre Mimik zudem kalt und abweisend wirken ließ.

Auf einen Fingerzeig der Domina hin trat der Sklave vor, ergriff die auf dem Beistelltischchen bereitgelegten, straken Lederriemen und begann wie selbstverständlich, Karl in seiner entblößten Stellung festzuzurren. Je zwei Riemen um Fuß- und Handgelenke, Ellenbogen und Knie sorgten bald dafür, dass er sich kaum noch bewegen konnte.

Ein Zustand, welcher durch die drei um Karls Torso geschlungenen, längeren Riemen noch verstärkt wurde, bevor der nackte Sklave schließlich einen Schritt zurück neben die gummierte

Herrscherin trat und beide ihn ausgiebig betrachteten.

Kurze Zeit schien es fast so, als wären sie über den weiteren Verlauf des gemeinsamen Spiels unschlüssig, als wüssten sie nicht, wie weiter zu verfahren wäre, dann aber folgte ein weiterer stummer Fingerzeig und der Sklave machte sich daran, Karl zu knebeln.

Panik stieg im Gefesselten auf, als der Butterfly Knebel sich langsam in seinem Rachen aufblähte, sich mit jedem Pumpen weiter ausdehnte und ihn schließlich komplett ausfüllte, aber Karl kämpfte nicht dagegen an.

Bewegungsunfähig, geknebelt und entblößt, seinem Gegenüber hilflos ausgeliefert, so liebte er es, besorgte ihn auch immer noch der Umstand, dass sein halb erigierter Penis nicht der einzig sich im Raum befindende war.

Wieder folgte eine kurze Unterbrechung, während der Herrin und Sklave einfach nur dastanden und auf ihr gemeinsames, wehrloses Opfer starrten, dann aber trat die maskierte Domina hinter den mitten im Raum stehenden Sklaven und begann, ihn am ganzen Körper zu streicheln. Langsam, gefühlvoll glitten ihre gummierten Hände über Rücken und Brust des Sklaven hinunter zu Gesäß und letztlich Penis, welcher sich alsbald aufrichtet.

Offensichtlich zufrieden mit dem Ergebnis, wurde der Schwanz kurzerhand von ihr mit einem dünnen Lederriemen abgebunden und ein Kondom übergestreift, bevor die Herrin vom Sklaven abließ und mit langsamen Schritten direkt zwischen Karls gespreizte Schenkel trat.

Karl blickte sie an, konnte allerdings aufgrund der Maskierung keinen Einblick in ihre Absichten erlangen.

Was hatte sie vor, würde sie ihn etwa von diesem Kerl durchficken lassen?

Ganz nah war ihm die glänzende, erregend nach Gummi riechende Gestalt nun, doch als sie sich zu ihm hinabbeugte und sich mit einem einzigen Ruck die Maske vom Kopf riss, wünschte er sich mit einem Male weit weg – vor ihm stand seine eigene Frau!

Wie vom Blitz getroffen, wie von einem Stromschlag durchzuckt verkrampfte sich Karls Körper, die Augen traten ihm aus den Höhlen, einzig rühren oder etwas sagen, konnte er nicht.

Ganz im Gegenteil zu seiner völlig ruhig wirkenden Frau, welche ihn zunächst mit einer schallenden Backpfeife und anschließend mit den Worten: „Da ist er überrascht, was? Der kleine Sklave" gleich doppelt traf.

„Das ist also dein IT-Problem?" fuhr sie nahtlos in dem Wissen fort, dass er ihr keine Antwort geben konnte, aber das war ihr ganz Recht. Bereits seit Wochen wusste sie von seinen heimlichen Eskapaden, hatte ihre beste Freundin ihn schließlich zufällig hierher schleichen sehen, einzig wirklich geglaubt, hatte sie es bisher noch nicht.

Enttäuschung, Zorn und Verbissenheit spiegelten sich in ihrem Gesicht, aber da war noch etwas anderes, weit Beunruhigenderes - die Gier nach Rache!

Völlig am Boden zerstört war sie gewesen, hatte weder ein noch aus gewusst, überfordert mit dieser Nachricht, mit dieser Art zu leben. Hilfe hatte sie sich schließlich gesucht, ausgerechnet bei der Frau, mit der ihr Mann sie betrog. Langsam hatte sie begonnen zu verstehen, was ihr Geliebter, ihr Fels in der Brandung hier suchte, an diesem seltsamen Ort.

Es einfach schlucken, so weiterleben wie bisher, in Selbstbetrug und Schein, dazu war sie nicht bereit gewesen, Scheidung aber, dazu liebte sie Karl einfach zu sehr.

Lady Irene, die sie unter dem Namen Petra in mehreren langen und für sie selbst tränenreichen Gesprächen gut kennengelernt hatte, hatte schließlich einen Ausweg gewusst.

„Du zahlst es ihm einfach zurück, aber gründlich" hatte sie gesagt, dabei diabolisch gegrinst und sie in die Feinheiten ihres Planes eingeweiht.

Bis zur letzten Sekunde hatte sie gehofft, es wäre nicht wahr. Selbst dann noch, als sie in den Wagen gestiegen war, um angeblich ihre Eltern zu besuchen. Jetzt stand sie hier, hinter ihr ein erigierter, nackter Mann, vor ihr liegend der Eigene, ebenfalls nackt.

„Sklave willst du also sein" sagte sie, vor Aufregung zitternd, sich mit den Händen auf den Unterschenkeln ihres Mannes abstützend, und fügte ein geflüstertes: „So sei denn meiner" hinzu.

Diese Worte, für Karl ebenso überraschend wie seltsam, waren das Signal.

Ohne ein weiteres Zeichen trat der nackte Mann hinter die mit gespreizten Schenkeln nach vorne über den Schoß ihres Ehemannes gebeugte Frau, schob ihr kurzes Kleid ein Stück hoch und drang ansatzlos von hinten in sie ein.

Karls Augen traten, so weit dies denn überhaupt möglich, noch weiter aus ihren Höhlen, da aber war es bereits zu spät.

Er versuchte, sich aus seiner Position zu befreien, aber es gab keinen Weg.

Widerstandslos lag er einfach da, und dieser Kerl fickte nicht ihn, er fickte seine Frau.

Immer heftiger, immer ausladender wurden seine Stöße, immer hemmungsloser das Stöhnen der penetrierten Frau, welche sich ihm bereitwillig hingab, das Gesicht ganz dicht an Karls eigenes gepresst.

„Aber Renate, ich liebe dich doch, was zur Hölle tust du da?" wollte er schreien, sie zur Rede stellen, aber ein gedämpftes: „Grumblmpfs" war alles, mehr ließ der Knebel nicht zu.

Tränen liefen ihm über die Wangen, lange bevor dieses Schauspiel endete, als seine Frau ihre Nägel in ihn bohrte, von heftigen, orgasmischen Zuckungen geschüttelt.

Es brauchte eine Weile, bis das Ehepaar sich wieder gesammelt hatte, der nackte Sklave hingegen schien völlig gefasst.

Ohne eine Miene zu verziehen, zog er seinen Schwanz aus des anderen Mannes Frau und trat ein paar Schritte zurück, hinüber zur gegenüberliegenden Wand.

„Da hast du deine Demütigung, das wolltest du doch!", sagte Renate provozierend, nachdem sie ihr Kleid zurechtgezogen und etwas zu Atem gekommen war, grinste keck und gab ihm anschließend mit einem betont fröhlichen: „Ab jetzt aber stets so, wie ich es will" gänzlich den Rest.

- Beachparty -

Ich mag sie, die Entrüstung in seinen Augen, diesen kurzen Moment zwischen Unglauben, Ohnmacht und aufschäumender Wut.

Es ist mir ein Genuss, wenn der Groschen fast hörbar fällt und meine kleine Laborratte erkennt, dass es keinen anderen Weg gibt, als den durch das Laufrädchen, welches ICH ihm zugewiesen habe.

Wenn er das begreift, noch mehr, wenn er es gegen seinen eigenen Willen, gegen jede Faser seines Körpers akzeptiert, sich unterwirft und mir gehorcht, bin ich wahrlich seine Herrin.

Diese Momente sind es, sie machen mich zu mehr als ich im Leben da draußen sonst bin, zu seiner Göttin, seiner Hüterin gar uneingeschränkter Macht.

Ja, ich bin böse, dann und wann, ich gebe es zu.

Allzu verlockend ist es, jemanden zu beherrschen.

Ihn leiten, formen und - auch das gestehe ich - rumschupsen zu können, je nach Laune und eigenen Gelüsten, ganz wie es einem gerade gefällt.

Eigentlich brauche ich das zweite Badehandtuch nicht, wäre selber niemals zurückgegangen, aber dafür habe ich ja auch ihn, meinen fluchend die Dünen erklimmenden Diener und Sklaven.

Ich kann ihn sehen und hören auch, jedenfalls, bis er den kleinen Trampelpfad hinunter zum Parkplatz erreicht, wo wir unseren Mietwagen geparkt haben, nur wenige Minuten zuvor.

Es ist ein herrlicher Sommertag, klar und frisch.

Die Flucht vor den heimischen Feiertagen mit all ihrem Schneematsch, dem „Ho, Ho, Ho" in den Fußgängerzonen und den lieben Verwandten rund um den Gabentisch hat sich wahrlich gelohnt.

Sie frieren jetzt, hocken im kalten Schwerin, ich hingegen sitze mit dem Arsch im Sand in der prallen Sonne, bei mindestens um die 35 Grad.

Ein Umstand, welcher sicherlich auch gehörig dazu beiträgt, dass mein kleines Äffchen es dermaßen hasst, sein wohlverdientes Strandschläfchen für einen kleinen Extramarsch zurück zum Kofferraum zunächst einmal verschieben zu müssen.

„Ach, wie konnte mir das nur passieren", spielte ich zunächst noch die Unbedarfte, als wir die kleine

Bucht erreichten, das Mienenspiel meines Gegenübers dabei ständig im Blick.

Entrüstung war es nicht, was dort bald in großen Lettern zu lesen stand, nur ein kleines Bisschen genervt schien er bereits zu sein, kennt er mich und meine Spielchen doch mittlerweile nur allzu gut.

Wie verzweifelt wühlte ich zunächst weiter zum Schein in der Tasche voll Badezeug, Sonnencreme und Verpflegung herum, ganz so, als suchte ich etwas, von dem ich in Wahrheit freilich genau wusste, dass es sich hier definitiv nicht befand.

Mit einem möglichst liebevollen, hämefreien: "Ach Schatz, geh doch bitte zurück zum Auto und hol das graue Tuch", gab ich ihm schließlich den Rest, mit offen zur Schau getragenem, gänzlich verlogenem Bedauern und gespielter Anteilnahme im Antlitz.

Wie ich ihn in Wahrheit genoss, diesen Augenblick, jenen lieblichen Schluck süß-klebriger Macht, gemischt mit einem klitzekleinen Schuss berauschenden Sadismus, dass wissen sie ja bereits.

Zweifel, Widerwillen, Wut, alles untermalt von einem lauten Stöhnen, war seine Folge.

Dann fing er sich endlich, mein braver Freund, fügte sich meinem Willen und setzte sich bald darauf erneut in Bewegung.

Kein Fragen, keine Diskussion, allein weil seine Herrin es verlangte, dabei allerdings so manch böses Wort auf den Lippen.

Ich sah ihm nach, ein feistes Grinsen im strahlenden Gesicht, voll Wohlgefallen und gänzlich eins mit Position und Situation, in welcher ich mich hier befand.

Jetzt, knappe 10 Minuten beschwerlichen Fußwegs später, kommt er wieder angetrollt.

Schwitzend aber schweigsam, etwas Scham unter offen zur Schau getragenen Gleichgültigkeit im Blick, das Strandtuch in seiner Hand.

Ich warte, jede Millisekunde auskostend, bis er mich erreicht, lächle gütig und schicke ihn mit einem gebieterischen: "So, jetzt das Ganze noch mal, und zwar ohne, dass dich die ganze Insel hört" gleich wieder zurück in die glühende Hölle.

Seine Reaktion ist verblüffend, jedenfalls für Außenstehende, mir hingegen ist sie nicht mehr fremd.

Da ist etwas in ihm, etwas, was ich lieben gelernt habe und was ihn zu dem macht, was er unter seiner Kruste aus Widerspenstigkeit, Stolz und Verteidigungsreflexen wirklich ist.

„Ja, Herrin" lässt ihn dieses Etwas sagen, mehr nicht, und ich weiß, dass er den leidvollen Weg zum Auto dieses Mal genießt, auf seine ganz eigene, verquere und sklavische Art.

Nutze ich sie aus, meine Stellung als ihm übergeordnete Angebetete? Verdammt ja!

Rechtfertige ich meine Gemeinheiten generell mit Erziehung, Disziplinierung oder notwendiger Führung eines devoten Menschen? Weit gefehlt!

Ich genieße es einfach, meinen Liebling derart zu traktieren, ihn mit Gehorsam und Qual immer weiter unter meine Fuchtel zu zwingen, denn ich bin böse, dann und wann, aber auch das, wissen sie ja bereits.

– Cyproteronacetat –

„Ich musste doch etwas unternehmen, damals", versicherte sich Anja wieder einmal in Gedanken selbst, während sie aus dem Fenster der hell beleuchteten Küche ihrer drei Zimmer Wohnung hinaus ins Morgengrauen blickte.

Im halb zugeknöpften Morgenmantel stand sie einfach nur so da, dachte nach und starrte auf die beiden Birken im Innenhof des Mietshauses, welche sich im Herbstwind leicht bogen.

„Regen in Berlin, so geht das nun schon die ganze Woche" fügte sie sodann schweigend hinzu, und prompt schweiften ihre Gedanken kurz ab, weg von den Zweifeln und Selbstvorwürfen, welche sie sich nun schon seit Wochen allmorgendlich machte.

Anja hasste den Winter wirklich, hatte ihn immer schon gehasst, und diese Abneigung der kalt-nassen Jahreszeit gegenüber wuchs nur noch von Jahr zu Jahr. Verstopfte Gullis, Pfützen, rutschige Wege und Schneematsch. Verlassene, wie ausgestorben wirkende Parks, in denen noch vor wenigen Wochen lachende Menschen gelegen, gespielt und sich geliebt hatten. Jedes Jahr der selbe

Ablauf, das Leben in der Stadt erstarb immer auf dieselbe, siechende Weise - die Leute blieben einfach zu Hause.

Ganz langsam, fast unmerklich wurde es stiller in den Straßen, selbst die schnorrenden Punks räumten nach und nach die Gehsteige, suchten in den Haltestellen der Bahn Zuflucht vor Regen und Kälte. Musik, Gelächter, der Geruch von Grillkohle, dies alles wich dem rötlichen Glühen von Heizpilzen in der Abenddämmerung.

Verfluchte Heizpilze, überall schossen diese Reiter der Apokalypse plötzlich aus dem Boden und verkündeten das Ende des Sommers. Vor jeder Kneipe standen sie als eine Art letzter, verzweifelter Versuch, den Berlinern noch ein paar extra Stunden Biergarten zu ermöglichen, ihnen vorzugaukeln, das Leben fände immer noch hier und nicht längst drinnen hinter verschlossenen Türen statt.

Ein kurzes von Propangas genährtes Aufbäumen gegen die Natur, gefolgt von Trüben, tristen und unendlich langen Tagen, an denen sie am liebsten gleich im Bett liegen bleiben würde.

„Zum Glück habe ich meinen Karl" dachte Anja, Trost suchend nach ihrem wohlbewährten Strohhalm greifend. Es funktionierte, der Gedanke an ihren Mann vertrieb endlich den Anflug von Herbstdepressionen und sie fühlte sich sogleich etwas besser.

Sie liebte ihren Sklaven, und diese Liebe spendete ihr Wärme. Menschliche Wärme, die sie an diesen kalten Morgenden mehr als alles andere brauchte.

Sie horchte in die Stille der Küche hinein und bald schon erschien ein zärtliches Lächeln auf ihrem schönen, wenn auch nicht mehr ganz jungen Gesicht, denn sie konnte ihn hören.

Sein fröhliches Summen, welches gedämpft aus dem der Küche gegenüber liegenden Badezimmer zu ihr hinüber drang, spendete ihr Trost in ansonsten bitterer Zeit.

Für einen Moment kehrte das Gefühl von Sicherheit zurück, aber so beruhigend sein Summen auch war, der Gedanke an ihn brachte sie auch zurück in die Gegenwart, zurück in diese Küche, zurück zu ihren Zweifeln.

„Ja, ich musste etwas unternehmen, sonst hätte ich ihn verloren", sagte Anja erneut leise zu sich selber, und während ihr Blick zurück zu den Birken im immer noch dunklen Innenhof wanderte, wanderte ihr Geist zurück in die Vergangenheit, zu der Zeit, als sie sich kennengelernt hatten.

Karl war anders, als die Männer in den Klubs zu ihr gewesen waren. Karl hatte sich nicht für den Inhalt ihres Koffers interessiert, jenes Koffers voll Utensilien, welchen sie einst benutzte, um ihre „Spielsachen" in der Öffentlichkeit unentdeckt transportieren zu können. Nein, er hatte sich für sie interessiert. Bei ihm waren Gespräche nicht lästiges Vorspiel gewesen um dann schnellst möglich „zur Sache" kommen zu können, für ihn waren sie Teil „seiner Sache". „Seine Sache" war Hingabe, Hingabe zu einer Frau, in der er nicht nur eine Domina, sondern seine Partnerin, Freundin und auch Herrin sehen konnte.

Karl suchte eine Beziehung und dafür war ihm ihre Persönlichkeit nach eigener Aussage viel wichtiger als die Praktiken, welche sie im SM bereits ausgelebt hatte oder vielleicht bereit war, sie zukünftig mit ihm auszuleben.

Anfangs hatte sie dem Braten nicht getraut, hatte gelauert, dass er sich verriet und sein wahres Ich zeigte, doch es war sein wahres Ich gewesen, welches er ihr von Beginn an offenbarte.

Sie hatte sich verliebt, verliebt in dieses Ich, das so gebend und fürsorglich war. Verliebt in diesen Mann, der sie zum Lachen brachte, für sie da war, wenn sie ihn brauchte, und für den Hingabe seine Art sie zu lieben war.

Sie hatte es genossen, wie er zu ihr aufsah, ohne dabei zu kriechen. Wie er sich ihrem Willen beugte, ohne dafür eine Gegenleistung zu erwarten. Wie er sich ihr hingab und ihr so ermöglichte, sich ihm ebenfalls hinzugeben. Dieser Mensch gehörte ihr, nicht nur für eins, zwei Stunden. Er gehörte ihr, nicht nur sein Körper, mit dem sie machen konnte, was sie wollte, sondern sein ganzes Sein.

Anja genoss zum ersten Mal das Gefühl, nicht unter Druck zu stehen, nicht irgendetwas tun zu müssen, sondern zu genießen, was er aus eigenem Antrieb für sie tat.

Das war ihr neuer Kick, seine Hingabe, sein Vertrauen zu ihr, sein Wille sich ihr immer weiter zu unterwerfen. Sie wollte diesen Mann, sie wollte, dass er sich ihr ganz hingab, und durch seine

Unterwerfung wuchsen sie bald beide übereinander hinaus - wurden eins!

Er gehörte nun ihr, wie sie ihm gehörte. Zusammen waren sie mehr als die Summe ihrer selbst, sie waren glücklich.

Auch ihren Sadismus konnte Anja mit ihm frei ausleben, aber das war nur ein nettes Zubrot gewesen, nicht mehr einziger Inhalt der Beziehung, wie sie es von früheren Versuchen her kannte.

Wenn er sich vor sie kniete, sich fesseln ließ und ihr gehorchte, war es etwas anderes. Es fühlte sich anders an, denn er tat es aus wirklich empfundener Hingabe und Anja wusste, dass diese Hingabe ihr gegenüber von Dauer war, nicht für die Dauer ihres Spiels geliehen.

Sie genossen sich in vollen Zügen, fast 8 Jahre lang, dann aber - kamen die Probleme.

Es war kein Streit über die berühmte Zahnpastatube, die nicht zugedreht wurde. Es war kein Verblassen ihrer Liebe, kein langsames Auseinanderdriften, es waren ihre vertrocknenden Eierstöcke.

Eines Tages stellten diese einfach ihre Funktion ein, was für Anja Hitzewallungen, Schweißausbrüche, Depressionen und alles Andere bedeutete, aber keine wirkliche Lust mehr auf Sex.

Die Hormone tanzten in ihrem Körper Tango, die Umstellung namens Menopause erwischte sie beide auf dem falschen Fuß.

Die Mittvierzigerin war überfordert damit gewesen, sich auf diesen neuen Lebensabschnitt einzustellen und gleichzeitig auch ihrem Sklaven den Halt und die Zuwendung zu geben, die er brauchte.

Karl versuchte wirklich alles, für sie da zu sein, doch sie merkte immer mehr, dass ihm in der Beziehung etwas fehlte.

Es ging bergab. Er war frustriert, dass sie kaum noch sexuelles Interesse mehr für ihn zeigte. Frustriert, dass er sie nicht mehr auf diese leidenschaftliche Weise glücklich machen konnte.

Sex wurde zum Problem, welches sich innerhalb der Beziehung immer weiter ausbreitete und immer mehr Bereiche des Zusammenlebens befiel, wie ein Krebsgeschwür ein ansonsten gesundes Organ.

In ihrer Ratlosigkeit hatte sie gar versucht, um seinetwillen Interesse an Sex und SM vorzutäuschen, aber er kannte sie einfach zu gut und durchschaute ihr Vorhaben schon im Ansatz.

Er konnte es nicht genießen, wenn er es nicht für sie, nicht zumindest ein Stück weit auch zur Befriedigung seiner Herrin tat.

Karl hatte ihr gegenüber niemals auch nur mit einem Wort geäußert, dass er sich seine Freiheit wünschte, gehen und aus ihrer Leibeigenschaft entlassen werden wollte, aber sie hatte deutlich gespürt, dass es so nicht weiter gehen konnte.

Es hatte die einst so stolze Herrin mehr und mehr gekränkt, wie ihr Sklave anderen Frauen nachsah und diese - wenn auch heimlich und schuldbewusst – ganz offensichtlich begehrte.

Hilflos hatte sie mit ansehen müssen, wie die Unzufriedenheit mit jedem Tage in ihm wuchs, und obwohl er absolut diszipliniert geblieben und ihr stets zur vollsten Zufriedenheit gedient hatte, war er innerlich dennoch unausgeglichen gewesen.

Mehr und mehr bestimmten unerfüllte Sehnsüchte und Träume sein Handeln, gewannen die Kontrolle über ihn und somit auch über ihre gemeinsame Beziehung.

Er wurde launisch und missmutig, liebte sie zwar noch, doch sie waren zusammen nicht mehr glücklich.

Anja hatte also eine Entscheidung treffen müssen, aber ihn gehen lassen und wieder alleine sein, war das wirklich die einzige Möglichkeit?

Ein lauter Knall aus dem Bad, gefolgt von einem gepressten: „Verdammter Mist" riss sie mit einem Schlag aus der Vergangenheit.

„Alles ok, mein Sklave" rief sie und drehte sich dabei in Richtung Küchentüre vom Fenster weg, um sicher zu gehen, dass sie seine Antwort auch bestimmt hören konnte.

„Ja, Entschuldigung, nur das blöde Waschmittel" antwortete Karl zerknirscht und sofort wusste Anja, dass er erneut die „Spee Megaperls" von der Waschmaschine gestoßen haben musste, welche jetzt, fein wie frisch gefallener Schnee, sicherlich die Bodenfliesen des gesamten Badezimmers bedeckten.

„Lass liegen, keine Zeit. Räumst du nach der Arbeit auf" sagte sie bestimmt, schüttelte leicht den Kopf und setzte sich in Bewegung, hinüber zur Kommode neben dem Esstisch.

Hier angelangt öffnete sie die obere Schublade, griff eine gelb-weiße Arzneipackung, entnahm dieser mit einer routinierten Handbewegung zwei

Tabletten und legte die Packung anschließend wieder zurück in die Schublade.

Auf der Kommode befand sich ein kleiner Steinmörser, und während sie mit der Hüfte ganz leise die Schublade schloss, warf Anja die kleinen runden Tabletten hier hinein.

Neben dem Mörser, der eher an ein edles Dekorationsstück als an die Nüchternheit einer typischen Apotheke erinnerte, lag ein reich verzierter steinerner Stößel, welchen Anja ergriff und begann, die Tabletten zu zerstoßen.

„Cyproteronacetat" stand auf der Packung, sie las es jedes Mal, und ebenso jedes Mal fühlte sie sich alles andere als wohl bei dem Gedanken daran, welche Folgen diese Triebhemmer für ihren Karl eventuell haben konnten.

Der Stoff Cyproteronacetat war nun mal kein Puderzucker, sondern ein schwer zu besorgendes und darüber hinaus auch verschreibungspflichtiges Medikament.

Die Virilit haltigen Tabletten, welche gedacht waren, die Bildung des Sexualhormons Testosterone im Gehirn des Mannes zu blockieren, hatten neben der gewünschten Wirkung - der Abschwächung des

Sexualtriebs bis hin zu Potenzstörungen oder gar Impotenz - leider auch mögliche Nebenwirkungen, das war ihr bewusst.

„Müdigkeit, Depressionen, Blutgerinnsel, erhöhtes Risiko von Lebererkrankungen. DU hast die Verantwortung für sein Wohl, auch das leibliche!" schoss es Anja durch den Kopf, die sofort versuchte, diesen Gedanken zu verdrängen, indem sie sich ganz darauf konzentrierte, die Tabletten so sorgfältig wie nur möglich zu zerkleinern.

Erst als im fein zerstoßenen Pulver keine noch so kleinen Stücke mehr zu sehen waren, legte sie den Stößel beiseite. Vorsichtig nahm sie den Mörser sodann in beide Hände und goss seinen Inhalt in ein leeres Glas, welches hierfür bereits auf dem Küchentisch bereitstand.

„In 15 Minuten musst du los" rief die zwangsweise Hobbyapothekerin nach einem Blick auf die Wanduhr in Richtung Badezimmer, ging hinüber zur Spüle, griff einen feuchten Lappen und säuberte alles aufs Gründlichste.

Sorgsam stellte sie Mörser und Stößel wieder an ihren Platz, öffnete den Kühlschrank, entnahm ihm eine Tüte Orangensaft und goss ihn zu dem

Medikament ins Glas, welches sich unter kurzem Aufschäumen in sein Schicksal ergab.

Bereits, nachdem sie das Glas halb gefüllt hatte, waren nur noch die umherschwimmenden Fruchtstücke und keine Spur des Medikaments mehr zu sehen.

Die Mittvierzigerin stellte daraufhin den Saft zurück in den Kühlschrank, setzte sich an den Tisch und erwartete ungeduldig ihren Mann.

„Kein Puderzucker", kehrten ihre Befürchtungen noch einmal zurück, zurück zur Medikamentenpackung, welche in der obersten Schublade der Kommode verborgen lag.

„Nebenwirkungen, aber ein Risiko gibt es immer, hatte es immer gegeben", versuchte sie sich zu beruhigen, und merkte dabei kaum, wie ihre Gedanken erneut in die Vergangenheit abschweiften, während sie fröstelnd in der absolut stillen Küche saß.

Was hatte sie früher nicht alles mit kalkuliertem Risiko getan. Nadelungen, Cuttings, Brandings, Atemreduktion, Peitschungen bis aufs Blut, und das alles nicht etwa aus Liebe, wie jetzt, sondern zum Spaß, zur Befriedigung ihrer eigenen Lüste.

Es war ihr Kick gewesen, ein Kick, der nach immer mehr verlangt und sie mit der Zeit innerlich verzehrt hatte.

Dieses Gefühl von Macht über einen anderen Menschen, die Fähigkeit ihn zu beherrschen, zu demütigen, zu quälen, auch über das hinaus, was er eigentlich ertragen konnte, war ihr Leben gewesen. Diese Jagd nach dem Extremen war damals ihr Elixier, welches sie gebraucht hatte, wie ein Junkie den nächsten Schuss. Nur so hatte sie sich noch lebendig gefühlt, durch dass, was sie tat, doch am Ende war sie nur eines gewesen, gänzlich allein.

Sicher, Männer standen stets Schlange um von einer dominanten und sadistischen Frau „bespielt" zu werden, doch mit der Zeit waren alle Spiele gespielt und es fühlte sich immer mehr an, als benutzten diese Männer sie und nicht umgekehrt. Sie fühlte sich benutzt, benutzt von sogenannten Sklaven, welche sich im Grunde nur für die eigene Befriedigung und dabei einen Dreck für Anjas Bedürfnisse interessierten. Benutzt von sogenannten Subs, welche nur so lange devot waren, wie es ihrer Geilheit zuträglich war und welche, nachdem sie befriedigt wurden, sofort aus der Rolle fielen und den „Macho inside" ans Tageslicht ließen.

Sie hatte die Schnauze voll gehabt von Männern, die nur mit ihrem Schwanz dachten, die Unterordnung und Submissivität nur vorgegaukelten, um sich auf diesem Wege das Geld fürs Dominastudio zu sparen.

Anja hatte gewusst, dass diese Art zu leben ihr auf Dauer nicht das bieten konnte, was sie als ganze Person wirklich brauchte.

Sie spürte immer deutlicher, dass dieses Blatt ausgereizt war und es galt, sich ein neues Lebenselixier zu suchen.

Dieses Lebenselixier war bald Karl gewesen, der Mann den sie liebte, der Sklave der sich ihr nach einigen Monaten unterworfen hatte.

Gerne hatte sie die Verantwortung für ihn übernommen, für sein ganzes Sein, und auch wenn es sonst nur die Möglichkeit gegeben hatte, ihn gehen zu lassen, so haderte sie doch auch jetzt noch mit ihrer damals getroffenen Entscheidung.

Chemische Kastration war es, was sie hier mit ihm machte, und mit Triebhämmern war nicht zu spaßen.

Natürlich hatte Anja ihn gefragt, ob er sie noch liebte und ihn darauf hingewiesen, dass er jederzeit gehen konnte, wenn er nicht mehr glücklich mit ihr war, doch entlastete sie das wirklich?

Musste sie denn nicht damit rechnen, dass er niemals gehen würde, und die Entscheidung über sein Wohl somit allein bei ihr, seiner Herrin lag?

Zugegeben, seit sie ihm allmorgendlich seine Pillen verabreichte, war er in der Tat ausgeglichener.

Er wirkte zufriedener, erfüllter und nicht mehr so frustriert wie früher.

Es lief wieder ausgesprochen gut in der Beziehung, aber hatte sie wirklich das Recht, so weit in seine Persönlichkeit einzugreifen, damit er für sie passend und mit ihr zusammen glücklich war?

Ging sie so weit, eine real gelebte Versklavung?

„Alles ok?" hörte sie plötzlich Karls Stimme neben sich, blickte auf und sah direkt in das besorgt dreinblickende Gesicht ihres Sklaven.

„Hallo Schatz, schon gut" erwiderte sie leicht verdattert und sehr darum bemühte, ihm ein freundliches Lächeln zu schenken.

„Du machst dir immer noch Sorgen, oder?" erwiderte er bedrückt, ganz offensichtlich hatte sie ihm also nichts vormachen können.

Langsam beugte sich Karl zu ihr hinunter, hauchte ihr ein: „Ich liebe dich, einen frohen ersten Advent" ins Ohr und sah sie schweigend einen Moment lang an.

Es waren nur Sekunden, welche ihr wie Stunden erschienen, dann endlich griff er nach dem Glas und trank es grinsend in wenigen Zügen aus.

- Abspritzen -

Sicherlich - es gibt romantischere, gefühlvollere und niveauvollere Bezeichnungen für das männliche Ejakulieren, aber zurzeit bin ich weder romantisch, noch besonders niveauvoll: Ich bin geil!
Zwanzig Tage, ZWANZIG mal 24 Stunden Keuschheit, und sie sitzt einfach so da, löst ihre mittelschweren Sudokus und beachtet mich nicht.
Ich will, nein, ich muss kommen!
Mein Geist kreist allein um die Geschehnisse in meiner eigenen Hose. Weder der anstehende Weihnachtsbesuch bei ihren Eltern, noch die Tatsache, dass irgendeine mir bis dato gänzlich unbekannte C-Prominente für Deutschland gerade den Sieg bei Stefan Raabs „TV-Total Turmspringen" errungen hat, interessieren mich im Moment auch nur die Bohne.
Schwimmen: Badeanzüge, nackte, glatte, straffe, wasserbeperlte Haut.
Ein Gedanke nur und schon beginnt die „Ab 18" Vorführung, willkommen im Kopfkino, aber nur gucken, nicht anfassen!

Ob sie überhaupt eine Ahnung hat, was sie mir da antut? Ob sie versteht, was es bedeutet auf diese Art kontrolliert, ja sagen wir es ruhig, gequält zu werden?

Ich bezweifele es stark, und der von ihr - als Antwort auf mein in den letzten Tagen immer häufiger werdendes Betteln - geäußerte Kommentar: „Du wolltest es doch selber so", verstärkt meine Zweifel eher noch, als mich - wie sie es wohl beabsichtigte - irgendwie zu beruhigen.

Selber gewollt, selber gewollt, ja und?

Wie sollte mir das jetzt bitte helfen?

Sicher habe ich es selber gewollt.

Ich wollte, dass sie Kontrolle hat, aber bedeutet das denn, das ich selber schuld bin und sie ihre Hände somit unbeteiligt in Unschuld waschen kann?

„Du wolltest es doch selber so", das wird nur noch getoppt von „ich tue es doch nur für dich", dem ultimativen Kopfschuss, dem Totschlagargument und sofortigen Ende jeglicher wie auch immer gearteten freiwilligen Unterwerfung.

Ich möchte nicht, dass sie es „nur für mich" tut.

Ich möchte nicht, dass sie es nur macht, weil ich den Gedanken aufgebracht habe.

Ich möchte nicht einsam für mich alleine leiden, das macht keinen Sinn, ich leide doch für sie!

Welchen Sinn hat es schon für einen Sub, sich nur zum eigenen Vergnügen kontrollieren zu lassen, ohne das der dominante Gegenpart es genießt?

Ein Griff nach der Fernbedienung und der Anblick von bärtigen Rockern auf technisch hoffnungslos veralteten amerikanischen Motorrädern vertreibt schlagartig alle Gedanken, sogar die Geilheit, jedenfalls für einen Moment.

Ich zappe durch das Programm, aber in meinem jetzigen Zustand ist einfach fast alles erregend, und wenn es nur Iris Berben in der Haarpflegeprodukte-Werbung ist.

Im Alter ergraute Damen, welche mit Tönungen versuchen, eben diesen, ihrem fortgeschrittenen Alter geschuldeten Zustand des Ergrauens zu verbergen, entsprechen normalerweise nicht gerade meinem Fetisch, aber das ist im Moment egal. Hauptsache weiblich! Ja, ich gebe es offen zu, ich schäme mich nicht im geringsten dafür.

Unruhig zappele ich auf der Couch hin und her, und endlich bemerkt auch der Quell all diesen Leides mein Unbehagen, senkt das Buch ein wenig und blickt mich über den Rand desselben amüsiert und fragend an.

Dem fragenden Blick folgt nur einen Wimpernschlag später das von mir bereits befürchtete: „Alles ok, Schatz?", und ich sacke verzweifelt in mir zusammen.

Alles ok? Ja, logo, alles erste Sahne!

Ich werde hier ja nur gerade wahnsinnig vor Lust, Frustration und Ohnmacht, was soll schon sein?

Ich denke „bück dich du Schlampe", aber natürlich sage ich es nicht, ich lächle nur tapfer und zucke dazu dümmlich mit den Schultern.

Was gibt es darauf zu erwidern? Nichts!

Ich könnte ihr - zum gefühlt hundertsten Mal – erzählen, wie dick geschwollen meine Hoden mittlerweile sind, ein Zustand, welcher nicht zuletzt auch der Tatsache geschuldet ist, dass sie mich zwar nicht kommen lässt, sie dies aber in keinem Falle davon abhält, mit mir zu „spielen" bis ich es fast nicht mehr halten kann, aber warum sollte ich das tun?

Es gibt nur eins, was noch schlimmer ist als diese Qualen, und das ist Gnade.

Nein, ich möchte kein lauwarmes „na, dann will ich mal nicht so sein".

Ich will es für sie aushalten, bis zum Schluss, und ich will, dass sie es verdammt noch mal genießt. Ein Teil von mir ist zu jedem wie auch immer gearteten Kompromiss bereit, solange er nur zum Orgasmus führt, aber da meldet sich auch der stolze Masochist in mir, der es genießt zu leiden und heimlich auf eine Verlängerung der Qualen, auf noch mehr Torturen hofft.

Schach matt, rien ne va plus!

Leiden und es genießen, weil es für sie ist?

Um Erlösung Betteln, aber heimlich doch auf ihr nein hoffen?

Jegliche Qual und Demütigung genießen, aber nur, weil es nach ihrer Nase geht, obwohl es ursprünglich meine Idee war?

„Kein Wunder, dass sie mich wohl nicht versteht" denke ich resignierend, und eben dieser Resignation ist auch der Seufzer geschuldet, welcher mir, zu ihrer weiteren Verunsicherung, nun deutlich hörbar entfährt.

„So schlimm?" legt sie nach, und ihre besorgt in Falten geworfene Stirn zeugt dabei von tief empfundenem Mitgefühl.

„Schlimm? Nein, ich bin ein nervöses Wrack, mir platzen gleich die Eier, was soll denn schon sein?" denke ich, aber: „Ist schon lange, ne" ist dann doch alles, was ich äußerst vorsichtig herausbringe.

Mit einer geschmeidigen Bewegung beugt sie sich daraufhin zu mir herüber, schiebt ihre Hand in meine Shorts und betastet sorgsam die unter Spannung stehenden Testikel.

Das reicht, Zweifel hin oder her.

Die Berührung jagt in Sekundenbruchteilen mein Rückenmark hinauf bis zum Gehirn, und sofort beginnt das Blut mit Vehemenz in meinem Penis zu strömen.

Sie lächelt. Das Versteifen meines Gliedes hat sie offensichtlich beruhigt, da sie es als Bestätigung dafür versteht, dass wirklich noch „alles ok" mit ihrem „Schatz" ist. Ganz langsam, dennoch deutlich spürbar, wird ihr Griff fester und fester.

Der wohlbekannte Schmerz zuckt wie ein alter Freund durch meinen Unterleib, ich stöhne auf, und als sich ihr Griff wieder lockert, lächle auch ich.

„Na, schau`n wir mal, ob du dir morgen Erleichterung verdient hast", haucht sie in mein Ohr und drückt sich dabei so nah an mich heran, dass ich ihre Brüste, ihre Wärme, ihre Erregtheit spüren kann.

„Wie immer es dir gefällt" antworte ich und versuche, es möglichst beiläufig klingen zu lassen, ganz so, als würden wir uns über das Wetter und nicht darüber unterhalten, dass ich meinen Saft endlich herauskatapultieren, endlich kommen, endlich abspritzen darf.

„Wie es mir gefällt, das ist klar", wiederholt sie meine Worte, wobei sie das Wörtchen MIR zur Bestätigung extra betont, so selbstverständlich, als wäre es das Normalste von der Welt.

Etwas verlegen, fast schüchtern schaue ich sie an, versuche in ihrem Blick zu lesen. Genießt sie sie etwa doch, ihre Macht?

Ist mein Leiden am Ende trotz allem nicht vergebens?

Grausamer Argwohn der getriebenen Seele, doch ein Blick in ihre vor Freude leuchtenden Augen genügt, ein Blick vertreibt letztlich jeglichen Zweifel.

Steine purzeln mir von den Schultern, so erleichtert bin ich ob ihres Genusses, einzig aus meiner Hose, purzeln sie heute leider noch nicht.

- Adventsspaziergang -

Es war ein kalter Dezembermorgen, als der auf seltsame Art deplatziert wirkende, tiefschwarze BMW langsam auf den leeren Parkplatz des Supermarktes einbog.

Im Inneren des Wagens saßen zwei Personen, ein bulliger Mann und eine zierliche Frau, welche den Fahrer aus weit geöffneten Augen dauerhaft fixierte.

Alles um sie herum wirkte ganz friedlich, dennoch aber schien die Beifahrerin derart nervös zu sein, dass sie ununterbrochen unruhig auf dem beheizten Ledersitz hin und her rutschte.

Der Motor heulte kurz auf, als der Wagen die kleine Rampe zur oberen Ebene erklomm, verstummte dann aber bereits, während der Fahrer das Fahrzeug noch routiniert auf eine der Parklücken unweit des Haupteinganges zusteuerte.

Mit einem Male war es derart still, dass man den Schnee unter den ausrollenden Reifen knirschen hören konnte, jedenfalls, bis die Bremslichter kurz aufflackerten und auch dieses Geräusch schlagartig erstarb.

„So, da sind wir also meine Süße" sagte der Mann plötzlich, nachdem sie einen Augenblick schweigend im dunklen PKW beisammen gesessen hatten, und schien sehr bemüht, neben der deutlich in seiner Stimme mitklingenden Vorfreude zudem eine gehörige Portion Liebe und Geborgenheit in seine Worte zu legen.

Nicht, dass ihm dies besonders schwer gefallen wäre, war aus oberflächlichem Interesse und gelegentlichen Spielereien in den letzten Monaten doch längst mehr als bloße Zuneigung geworden.

Ja, er liebte diese Frau und wusste, dass sie es im Moment nötiger denn je brauchte, diese Liebe auch zu spüren.

Sie brauchte jetzt Sicherheit und ein Gefühl der Geborgenheit, mehr als alles andere, denn nur so konnte sie das erforderliche Vertrauen gewinnen, auch wirklich umzusetzen, was sie beide bereits viele Male in der Fantasie zusammen durchgespielt hatten.

Schüchtern, beinahe scheu sah sie ihn nun an und versuchte, ein Lächeln auf ihre blutrot geschminkten Lippen zu zaubern. Ein Vorhaben, welches ihr für einen Sekundenbruchteil auch gelang, bevor ihr Blick wie von selbst begann, rastlos durch das Wageninnere zu streifen.

„Wie schön sie ist, wie zart und verletzlich" dachte er währenddessen, fast schon mitleidig, erwiderte ihr Lächeln und berührte sanft ihr Kinn, um sie so dazu zu bringen, in seine Augen und wirklich nur in diese zu schauen.

Die Frau hingegen zuckte ob der unerwarteten Berührung fast unmerklich zusammen, fing sich aber sofort und erwiderte seinen Blick, krampfhaft darum bemüht, voll Zuversicht und irgendwie tapfer zu wirken.

„Schatz, ich liebe dich und du weißt, dass ich auf dich aufpassen werde, richtig?" sagte er ganz sanft, den Blick keine Sekunde von ihr nehmend.

Sie schluckte. Für einen Moment sah es aus, als wolle sie etwas erwidern, aber ihre Lippen blieben geschlossen und er konnte bald sehen, wie sich etwas Tränenflüssigkeit in ihren Augen sammelte und diese zu leuchten begannen.

Zärtlich strich er ihr mit Zeige- und Ringfinger der linken Hand langsam durchs schulterlange Haar bis zum Nacken hinab, fasste sie plötzlich beim Halsband, zog sie energisch zu sich hin und küsste sanft ihre Stirn.

Das Halsband trug sie nun seit fast 5 Wochen und es war mit der Zeit Teil ihres Körpers geworden.

Anfangs hatte sie es ständig wahrgenommen, wann immer sie sich bewegte, die Kleidung wechselte oder sich im Spiegel betrachtet hatte, aber jetzt gehörte es wie selbstverständlich zu ihr und sie konnte sich nicht mehr vorstellen, ohne dieses Zeichen seiner Liebe zu sein.

Dieses Halsband war kein Schmuckstück oder Spielzeug, welches man nach Lust und Laune an- oder ablegen konnte, genau so wenig, wie beide eine Rolle spielten, wenn sie auf ihre ganz spezielle Weise beisammen waren.

Sie gehörte ihm, nicht auf die klischeemäßige „ich lege dich in Ketten"-Art, sondern tiefer, leidenschaftlicher.

Er passte auf sie auf und hatte mit der Zeit Kontrolle über Bereiche ihres Lebens übernommen, welche nichts mit Sexualität und ihren mannigfachen Auslebungsformen zu tun hatten.

Als ihr Herr durchdrang er sie, berührte ihr Inneres. Es gefiel ihr zunehmend, dass er sie so nahm, wie sie war, und ihre in ihrer Persönlichkeit seit jeher tief verwurzelte Submissivität nicht als Schwäche, sondern als ihre größte Stärke annahm.

Die anderen hatten dies nicht getan.

Nicht, dass sie bereits übermäßig viele Beziehungen gehabt hatte, aber auch die wenigen Partner, die es bisher gab, hätte sie sich in nachhinein allzu gerne erspart. Im Grunde hatte es nur zwei Verhaltensmuster gegeben. Entweder waren sie nach kurzer Zeit entnervt gegangen, weil sie ihr ständiges Nachgeben und sich ihnen Unterordnen überfordert hatte bzw. sie es als Desinteresse an ihnen und der Beziehung werteten, oder sie hatten sie nach Strich und Faden ausgenutzt und betrogen.

Er aber war anders. Er sah in ihrem Verhalten das, was auch sie spürte, während sie ihm Kontrolle übergab. Für ihn war es Vertrauens- und Liebesbeweis, dass sie bereit war, ihm zu folgen. Natürlich war sie sehr vorsichtig gewesen. Gebranntes Kind scheut das Feuer und wie bereits erwähnt, hatte sie sich in der Vergangenheit oft genug verbrannt, aber er hatte es geschafft, dass sie seinen Worten glauben konnte und dies hauptsächlich dadurch, dass diese Worte immer auch mit seinen Taten einhergingen.

Wenn er Entscheidungen für sie beide traf, hatte sie stets das Gefühl, das er es in ihrer beider Interesse tat. Nicht nur, wenn diese Entscheidungen schwierig für seine Dienerin waren, sondern auch, wenn sie ihm selbst Entbehrungen und Disziplin abverlangten. Er war stark, jederzeit in der Lage, Entscheidungen zu treffen, welche gut für sie beide waren, egal was es sie beide kostete.

Sie selbst hatte diese Stärke in ihrem Leben nie wirklich gehabt, sondern war nur so durchs Leben gehuscht und hatte sich nach Möglichkeit eine Nische, einen sicheren Unterschlupf gesucht. Dort war sie sicher, konnte sich zurückziehen und von den meisten Menschen gar nicht wahrgenommen werden.

Es war nicht so, dass sie unfähig war, ihr eigenes Leben zu leben und die Dinge zu kontrollieren, die es unbedingt erforderten, erledigt zu werden, aber es gefiel ihr nicht, es befriedigte sie kein Stück.

Mit ihm war das anders. Für ihn war sie gerne stark und hart gegen sich selbst. Mit jedem kleinen

Schritt, mit allem, was er ihr abverlangt hatte, war sie nur noch stärker geworden und hatte innerlich nach neuen Herausforderungen, nach immer mehr verlangt.

Sie hatte sich einem Menschen noch nie so nahe gefühlt und vielleicht noch wichtiger war, dass sie sich ihrer selbst noch nie so nahe gefühlt hatte.

Bei ihm konnte sie sein, wie sie war.

Es gab ihr Halt und Sicherheit genau zu wissen, was er erwartete, und sie versuchte sich dafür zu bedanken, indem sie ihm folgte, gehorchte und blind vertraute.

Sein Kuss kühlte für einen kurzen Augenblick ihre vor Erregung und Aufregung glühende Stirn.

Ihr Herr genoss kurz, diese Hitze auf seinen Lippen zu spüren, dann aber lehnte er sich zurück und versuchte in ihren Augen zu lesen, ob sie bereit war, sich auf das Abenteuer einzulassen, welches er ihr heute zumuten wollte.

Er hoffte, nein er glaubte sie war nun so weit, sich auch in der Öffentlichkeit zu ihm zu bekennen.

Er wusste genau, welch großen Schritt dies für sie bedeutete, war der Parkplatz auf dem sie standen momentan auch menschenleer und im Supermarkt an einem Samstag zu dieser Uhrzeit nur das Personal zu erwarten.

Dies hier diente einem Zweck. Sicherlich war es auch erregend, ein nettes Spiel, aber doch so viel mehr, denn er wollte sie heute auch ein Stück weit kitzeln, über ihren eigenen Schatten zu springen.

Nicht nur, weil er wusste und spürte, dass sie insgeheim danach verlangte, es für ihn zu tun, sondern auch, weil er es selber brauchte. Dieser Blick, diese Liebe und Hingabe in ihren Augen, wenn sie ihm gehorchte, waren für ihn wie eine Droge.

So manches Mal war es schwer gewesen, ihr nicht zu verfallen, sondern stark zu sein und die Kontrolle zu behalten.

Sie konnte sich fallen lassen und er liebte sie dafür, dass sie es tat, aber er war derjenige, der neben seinen eigenen Gefühlen, Lüsten und Sehnsüchten auch die ihren beachten musste, um sie nicht zu überfordern oder gar zu verletzen.

Diese zarte, devote Frau war sein Schatz, auf welchen man gut aufpassen musste, und mit jedem Schritt, den sie ihm gefolgt war, mit jeder Kleinigkeit ihres Lebens, die sie seiner Kontrolle übergeben hatte, war auch seine Verantwortung für gewachsen. Dieser Verantwortung war er sich absolut bewusst und versuchte stets das Menschenmögliche, ihrer auch gerecht zu werden, denn auch er hatte seine Erfahrungen in vorangegangenen Beziehungen gemacht. Auch er wusste, wie es sich anfühlte, fallen gelassen zu werden.

Ein letztes Mal lächelte er sie an, prüfte ihre Verfassung, wendete sich dann aber plötzlich von ihr ab, zog den Zündschlüssel aus dem Schloss und öffnete beherzt die Fahrertüre.

Sie erschrak. Ihr Herz raste und schlug so heftig, dass jeder einzelne Herzschlag in ihrem Hals pochte, die Anspannung war zum Greifen nah.

„Jetzt geht es wirklich los.. er tut es wirklich.." dachte sie, während er aus dem Fahrzeug stieg, die Türe behutsam schloss, und um die Motorhaube herum langsam zu ihr herüber kam.

Sie schluckte trocken, und obwohl sie ihn die ganze Zeit, während er um das Fahrzeug gegangen war, nicht aus den Augen gelassen hatte, erschrak sie dennoch, als sich die Beifahrertüre neben ihr mit einem plötzlichen Ruck öffnete.

Kurz darauf beugte sich ihr Geliebter zu ihr in den Wagen hinunter und zog sie sanft aber bestimmt an der Hand aus dem noch immer warmen Fahrzeug.

Es war kalt, aber dies war bei Weitem nicht alles, was sie neben dem PKW stehend erschauern ließ.

Das Bevorstehende machte ihr Angst, schien schlimmer als der Frost, welchem sie in ihrem Minirock, den roten High Heels und einer Seidenbluse - die noch dazu aus derart dünnem Material gearbeitet war, dass sie im grellen Licht des Supermarktes fast durchsichtig wirken musste – schutzlos ausgeliefert war.

Sie wollte zurück, nur zurück in die Sicherheit und Wärme des Wagens.

Das alles hier, wurde ihr unversehens zu real, doch bevor sie die Hand nach dem rettenden Türgriff ausstrecken konnte, drückte er bereits auf den Funkschlüssel und der BMW zuckte zur Bestätigung der durchgeführten Zentralverriegelung zwei Mal kurz mit den Blinkern.

Ein mechanisches Klacken, aus, vorbei.

„Das war's", dachte sie, keine Möglichkeit mehr, sich jetzt noch zurückzuziehen.

Ganz ruhig, innerlich allerdings einer Panik nahe, stand sie da und blickte ihn mit einer Mischung aus Unsicherheit, Liebe und Hingabe an.

„So Schatz, dann gehen wir mal einkaufen" sagte er, wohl wissend, dass seine Dominanz in diesem Moment der reinste Balsam für die Seele seiner verunsicherten Sklavin war.

Wie selbstverständlich zog er daraufhin eine aus schwarzem Leder gefertigte Hundeleine aus seiner Manteltasche, rastete den Karabiner sorgsam in den O-Ring ihres Halsbandes ein, grinste breit und führte sie an der Leine durch das Dunkel direkt auf den hell erleuchteten Eingang des Supermarktes zu.

- Der Absturz -

Ein morgendlicher, erzwungener Abschied, die gepackte Reisetasche in der Hand, ein letzter Kuss, ein dicker Kloß im Hals und ein unbestimmtes „bis dann".

Treppen runter, das letzte Mal durchs heimisch gewordene Haus, dann raus auf die Straße und ab zur Bahn, bloß keine Tränen, nicht jetzt, nicht hier. Mechanische, dumpfe Schritte auf dem Asphalt, die Gedanken dabei ganz weit weg.

Ab in den Linienbus, Musik auf die Ohren, dass man die Welt nicht mehr hören kann, doch ein Abschalten ist nicht möglich, läuft da dieselbe Scheibe zum dritten Mal?

Ein leerer Bahnsteig in Berlin, kein Willkommen, kein Empfangskomitee, verloren und allein stehe ich da. Paare fallen sich um den Hals, Kinder empfangen freudestrahlend ihre Geschenke beladenen Großeltern, nur mich braucht es hier eigentlich nicht.

Wind und Schnee, äußere und innere Kälte, durchdringender Schmerz trotz Abstumpfung und Verstörtheit, jetzt bloß ab in die Wohnung, raus aus dieser grauenhaften Bedeutungslosigkeit, hinein ins ablenkende vielleicht Irgendwann.

Die Tasche auf die Couch, Jacke und Schuhe gar noch an, schon kullern die Tränen, die Welt verschwimmt und wird grau. Nur wieder raus hier, raus aus diesen Wänden in die Öffentlichkeit, wo man sich kontrollieren muss, wo es gilt, normal und ein Mann zu sein.

Ein langer, zielloser Fußmarsch bis zu Erschöpfung, es tut trotz allem gut, am Leben zu sein.

Kippen aus der Tasche, zittrige Hände, tiefes Inhalieren bis Anspannung etwas Leere weicht, einer unangenehmen Leere, doch sie ist alles, was mir zunächst einmal bleibt.

Ab in den Kaisers an der Ecke, grelles Neonlicht auf zerknitterten, ob seiner gebrochenen Haltung alt wirkenden jungen Mann.

Schokoweihnachtsmänner, wohin man sieht, und alle grinsen mich an.

Kauften wir das nicht zusammen, gerade gestern noch und lachten fröhlich dabei?

War dies eben noch streng verboten, jenes nur nach Fragen der Herrin erlaubt, kümmert sie das jetzt vielleicht doch noch irgendwie? Wohl kaum, die Verantwortung wog zu schwer, alles darf heute wieder gekauft werden, doch nichts gefällt. Erneut den Tränen nahe, bei Erinnerungen an gemeinsame Einkäufe und Speisen, landen Produkte beiläufig im dunklen Rucksack, einst gehegte, wertvoll geglaubte Erinnerungen verschwinden gleich mit.

Zurück in die Wohnung, den Fernseher an, Zappen, bis es schmerzt.

Kanäle rauschen vorbei, Augen starren durch sie hindurch, Ohren hören gar nicht erst richtig hin. Benommen sitze ich zitternd in der Dunkelheit, rauche zu viel und stelle mir Fragen, immer die selben, einzig Antworten darauf finde ich nicht.

Würgegefühle, Verzweiflung, die beiläufig entzündeten Kerzen brennen unbeachtet aus, es kommt die Nacht. Alleine ins Bett, niemand da, der sich an mir wärmt, drei Stunden unruhigen Schlafs und mit verkrampftem Magen erwacht.

Kampf, nicht nur jetzt, nein, die nächsten Tage und Wochen lang, doch irgendwann fühle ich mich wieder ganz, heil, hingebungswillig - und alles fängt wieder von vorne an.

- Rock and Roll -

Die Location ist im Grunde viel wichtiger, als die Musik selbst.

Schon Recht, ich treibe mich nicht bei Carpendale, den Zillertalern oder Heinz Rudolf Kunze herum, eine gewisse Aggressivität des Publikums muss schon gegeben sein.

Gerade in der Zeit der Weihnachtsmärkte, des „Kling Glöckchen, klingelingeling" und „Es ist ein Ros` entsprungen" Gedudels, des „Last Christmas" Terrors von WHAM in Heavy Rotation auf allen Kanälen, braucht Frau schließlich einen Ausgleich.

Die richtige Wahl der Halle aber, ist von immenserer, existenzieller Bedeutung, soll der Abend im Innenraum die von mir gewünschte Befriedigung auch bringen.

Nicht zu groß darf sie sein, sonst nehmen zur Sicherheit in der Hallenmitte verankerte Wellenbrecher jede Chance auf den benötigten Andrang an Körpern. Nicht zu klein, sonst stehen am Ende nicht genügend Wahnsinnige dicht an dicht an die Bühne gepresst.

Ich weiß, normal veranlagte Menschen scheuen gerade dieses Geschiebe und Geschubse, für mich aber, ist es genau das, was ich suche – Enge und Nähe bis hin zur Bewegungslosigkeit.

Open Airs können grandios sein, wenn die Sonne Schweißperlen über spärlich verhüllte, eher ganz denn halb nackte Körper rinnen lässt. Hier locken Mädels im knappen Bikini, männliche Oberkörper, muskulös und gänzlich unverhüllt, an denen ich mich unbemerkt reiben kann. Zudem endlose, entkräftende Stunden eines herrlich langen, qualvollen Festivaltages, aber mein Favorit sind und bleiben doch die mittelgroßen Klubs der Drei- bis Fünftausender Kategorie.

Ich mag das Dunkel, die erzwungene Intimität der anonymen, sich eigentlich völlig fremden Masse. Mag ihren Druck, ihre animalische Eigendynamik, ihre Gewalt und Gnadenlosigkeit. Ich zerfließe förmlich, wenn Körper wellengleich gegen mich schlagen, mich hilflos mitreißen und zu zerquetschen drohen, wie die Brandung eines mächtigen Sturms an der See ein kleines, zartes Ruderboot.

Es verschlingt mich, jagt mir Schauer über Rücken und zwischen die Innenschenkel, derart wehrlos ausgeliefert zu sein, ohne Möglichkeit aus dieser Situation zu entfliehen, ohne jegliche Chance auf Gegenwehr.

Die vierte Reihe ist der Platz, den mein Herz begehrt.

Dort läuft man weder Gefahr, vom klaustrophoben Vordermann zurück ins anbrandende Getümmel gestoßen zu werden, also in die sich stets im vorderen Drittel befindende Pogo-Zone zu geraten, noch wird man hier allzu leicht Ziel übereifriger Security, welche vor Wollust verdrehte Augen zum Anlass nimmt, einen rabiat aus dem geliebten Getümmel zu befreien.

Etwas seitlich vor der Bühne ist optimal, ganz in Nähe der Lautsprechertürme, wo Bässe den Unterleib noch zusätzlich in Wallung versetzen.

Aber Vorsicht: Schnell treibt man hier an den Rand und das „Spiel" ist bereits vorbei, bevor es richtig begann.

Passende Kleidung ist für mich ebenfalls ein wichtiges Thema, hängt aber auch ganz von den persönlichen Vorlieben und dem eigenen Körperbau ab. Ich bevorzuge stets Leggins und ein dünnes, eng anliegendes Top zu massiven Boots, denn ich will alles hautnah spüren, es ungefiltert in mich aufsaugen können.

Oberhalb Körbchengröße „B" mag es zwar ratsam sein, die Brüste mit BH oder Korsage zu schützen, um im Durcheinander der Gliedmaßen weder Prellung noch allzu schmerzhafte Dehnungen zu riskieren, ich aber gehöre nicht zu diesem Typus. Ich bin flachbrüstig, mag es ausschließlich ohne solchen Schutz und trage die anfallenden blauen Flecken voller Stolz, den Knutschflecken eines stürmischen Liebhabers gleich.

Für mich gibt es nichts Geileres, als mit weit gespreizten Armen und verdrehten Handflächen brutal von hinten an den Vordermann gepresst zu werden, völlig machtlos eingekeilt zu sein, die erigierten Nippel notgedrungen hervorgestreckt.

Schmerz ist hierbei ein Faktor, Atemreduktion durch den Druck auf meine Lungen sicherlich auch, aber im Grunde genieße ich den Missbrauch meines Körpers gegen meinen Willen weit mehr.

Der Kontrollverlust turnt mich an, stehe ich eingezwängt da, den pulsierenden, japsenden

Körper eines Unbekannten vor und zwischen meinen Beinen, die Hände seiner Nebenmänner überall auf meinem Körper verteilt, unfähig mich ihnen zu entziehen.

Manchmal minutenlang, manchmal nur für einen Augenblick werden diese Unbekannten so zum Diener meiner Triebe, zur Reibfläche meiner erogenen Zonen, zu Pranger und Bock.

Fleisch an Fleisch werden wir flüchtig eins, dann drängt man uns auch schon auseinander, zerreißt unsere zufällige Verbindung mit grober Gewalt und meine Reise beginnt erneut.

In diesen Momenten bin ich frei, kann ich oft auch nicht nur einen einzelnen Finger rühren.

Ich verliere mich in etwas Größerem, einer höheren Macht, welche die Grenzen meines Körpers aufhebt und mich ganz die schwitzende, stöhnende, geile und getriebene Kreatur sein lässt, die ich sonst einfach im Alltag nirgends so hemmungslos sein kann.

Völlig ausgepowert und schweißgebadet stehe ich dann circa dreißig Songs und – wenn es gut lief – ein bis zwei plötzliche, unbeherrschbare Orgasmen später da.

Das Licht geht an, die Menschen streben dem Ausgang entgegen und ich schwebe geradezu durch die Scharen meiner kurzweiligen Sexualpartner hindurch, bin endlich wieder ganz zentriert, ganz ich selbst.

„Du hast wirklich einen komischen Musikgeschmack" wundern sich meine Freundinnen oft kopfschüttelnd, gehe ich wieder einmal mitten in der Woche alleine zu Bands wie „Aspera", „Inner Sanctum" oder auch „Betontod", aber das ist mir schon längst egal.

„Hauptsache Rock 'n' Roll" ist alles, was ich von meiner geheimen, lüsternen Welt ihnen gegenüber preisgebe und preisgeben will, habe ich denn eine andere Wahl?

- Die Sehnsucht in dir -

Du wachst auf und das Gefühl ist schon da.

Noch bevor sich deine Augen öffnen, bevor du richtig wach bist und begreifst, was vor sich geht, spürst du es bereits, etwas fehlt.

In dem kurzen Moment zwischen Traum und Realität wird dir zudem klar, dass es keine Flucht geben wird. Nicht aus diesem Leben, nicht aus diesem Bett und nicht aus deiner eigenen Haut.

Nur noch einen Augenblick bitte, einen winzigen Moment der Entspannung, ein kurzes Verweilen und Schöpfen neuer Kraft, aber natürlich bleibt dein lautloses Flehen unerhört.

Es gibt kein zurück ins Land der Träume.

Du öffnest die Augen und sie ist da.

Lächelnd begrüßt sie dich, wie immer, und mit einem zärtlichen Kuss, ebenfalls wie immer, beginnt für euch der neue Tag.

Ganz dicht, Gesicht an Gesicht liegt ihr da, doch statt der Zufriedenheit eines perfekten Moments, spürst du diese Leere tief in dir drin, eine bittere Leere, die ihr Lächeln nicht ausfüllen kann.

Du blickst sie an, klimperst zur Tarnung mit den müden Lidern, doch als sie deinen Blick erwidert, schämst du dich doch. Deiner Selbst, deiner Gefühle und Gedanken, denn sie sieht so glücklich und erfüllt aus, so voller Zuneigung und Güte, wie in aller Welt kannst du da nicht auch erfüllt und glücklich mit ihr sein?

„Nur nichts anmerken lassen", schießt es dir durch den trägen Kopf, denn sie darf auf keinen Fall spüren, was wirklich in dir vor sich geht.

Es würde sie nur verletzen, denn sie könnte es nicht verstehen, nicht begreifen, was dir im gemeinsamen Leben hier ach so fehlt.

Du möchtest reden, dich ihr mitteilen, aber alles was eine weitere Aussprache bringen würde, wäre sie weiter zu verunsichern und somit in die genau falsche Richtung zu treiben.

Wie schon so viele Male zuvor versuchst du, die dunklen Gedanken einfach beiseite zu schieben, doch das bist ja auch du. Ein Skorpion ist kein Hase, so sehr er sich auch bemüht, das ist dir klar. Tapfer schaust du ihr tief in die Augen und scheinbar mühelos rettet sie dich dann doch mit einem einzigen Blick.

Da ist sie, die Frau, die du so sehr liebst. Der Menschen, mit dem dich so viel verbindet.

Da ist sie, die Geliebte, die du begehrst. Der Freund, der für dich da ist. Ein Blick von ihr, so voller Liebe und Vertrauen, dass du sofort spürst, wie Kraft und Zuversicht auch in dich zurückkehren, jedenfalls für den Moment.

Du lächelst sie an, willst ihr etwas von dem zurückgeben, was sie dir so gern aus vollem Herzen schenkt, doch auch wenn dieses Lächeln weder gezwungen noch wirklich unehrlich ist, so kostet es dich doch eine gewisse Überwindung, denn dir ist nicht zum Lächeln zumute.

Dir ist nicht nach Kuscheln, nicht nach Nähe und Geborgenheit, nicht nach Verständnis und Toleranz.

Nur einen Augenblick, eine Umarmung später trittst du auch schon die Flucht an.

Begleitet von weitestgehend unverständlichem Gemurmel deinerseits fliehst du ins sichere Bad, nur fort von hier, raus aus diesem verfluchten Bett.

Es ist kalt. Weihnachten steht schon vor der Türe, und doch verfluchst du den sparsamen Hausmeister nicht, welcher sich immer noch standhaft weigert, die Zentralheizung zeitnah reparieren zu lassen.

Die Kälte ist dir egal, denn endlich bist du allein.

Hier musst du dich nicht kontrollieren, nicht vorsichtig sein, nicht auf der Hut nur ja keinen Fehler zu machen.

Ja, du hast lange Jahre alleine gelebt, jedenfalls lange genug, um das Glück eine Partnerin zu haben entsprechend würdigen zu können, aber dennoch genießt du jetzt die Einsamkeit, empfindest sie gar als Freiheit.

Dieses Gefühl ist dir neu, war es doch bisher stets deine Pflicht und dein Sinn, der Partnerin jederzeit zu Diensten zu sein. Undenkbar war es, die Abwesenheit der Herrin als Entspannung zu empfinden, brachte diese dir doch zumeist Unsicherheit und Zweifel.

Jetzt aber ist alles anders.

Es gibt kein Dienen mehr, keine Pflichten, keine Herrin und erst recht keine Sicherheit.

Ein geliebter Freund bist du jetzt, seit Amors Pfeil dich traf, ihr lieber Schnuckie, und damit in etwa so weit von einem Sklaven auf Knien entfernt, wie der Pluto vom Mars.

Es fällt dir schwer ihren Blick zu deuten, als sie dir fast lautlos mit leicht hängendem Kopf ins Badezimmer folgt, während du noch nackt vor dem Spiegel stehst und mechanisch deine Zähne putzt.

Man muss immer so unglaublich vorsichtig sein, wenn jeder Blick, jede Geste und jedes leichtfertig geäußerte Wort gleich verletzen kann, denn sie zu verletzen, das fürchtest du am meisten.

Sie im Stich zu lassen, ihren Erwartungen und Bedürfnissen nicht entsprechen zu können, Ihre Liebe zu verlieren, die Angst davor wiegt weit schwerer als alles, was sie jemals hätte von dir verlangen können.

Sie fehlt dir so sehr, die Ordnung im Umgang mit ihr, jederzeit genau zu wissen, was von dir erwartet wird, doch leider widerspricht es nicht nur deiner Natur zu führen, es widerspricht ihrer auch.

Seit Wochen tanzt ihr nun schon so umeinander herum, jederzeit darauf bedacht, es dem anderen recht zu machen, jederzeit davor auf der Hut, dem anderen ungewollt Weh zu tun.

Sie nennt das Gleichberechtigung, doch für dich bedeutete es Zweifel, Selbstverleugnung und Orientierungslosigkeit.

„Alles in Ordnung, Schatz?" fragt sie mit diesem Unterton, der dir unmissverständlich zeigt, dass du nicht der Einzige bist, der hier verunsichert ist, und natürlich versicherst du sofort, dass alles in Ordnung ist, was soll denn schon sein?

Auf der Arbeit ruft sie dich im Laufe des Tages mindestens drei Mal an, und bereits bevor du das Büro überhaupt betreten hast, verkündete das Summen aus deiner Tasche schon den Eingang ihrer ersten SMS.

Nur noch mal nachfragen will sie, ob wirklich alles gut zwischen euch ist, und dir zugleich noch einmal versichern, wie sehr sie dich doch liebt.

Der Arbeitstag verläuft weitestgehend ereignislos.

Die Belanglosigkeit und Eintönigkeit deiner Tätigkeit vertreibt für ein paar Stunden jegliche Gedanken, was dich seit Kurzem freut.

Dann geht`s zurück, zurück zu ihr, und als du gegen 18 Uhr die Wohnungstüre öffnest, fällt sie dir bereits strahlend um den Hals.

Dieses Lächeln, es packt dich noch immer.

Für einen Augenblick wird die Welt auf deinen Schultern leicht, und du küsst sie leidenschaftlich, ganz der echte Mann, dann tut es dir leid.

Sie hat für euch gekocht, natürlich nichts von dem sie weiß, dass du es nicht auch gerne magst.

Sie fragt, wie dein Tag gelaufen ist, und das nicht nur aus Pflichtbewusstsein, sondern weil es sie tatsächlich interessiert.

Sie ist so nett, dass du dich unmittelbar nach einer gemeinen Sadistin sehnst, einer, die nicht lange fragt, sondern über Leichen geht.

Eine eiskalte Frau wünschst du dir, die Zuneigung nur sporadisch zeigt, die dein Herz raubt und dich benutzt, ganz so, wie es ihr gefällt.

Du sehnst dich danach, nicht mehr vorsichtig und verständnisvoll sein zu müssen, sondern den Rohrstock schmerzend auf deinem Hinterteil zu spüren, wann immer ihr etwas nicht passt.

Du sehnst dich danach, dass sie gemein zu dir ist, dich zweifeln lässt an ihrer Zuneigung, dich im Nacken packt und führt, statt selber bei jeder Gelegenheit unsicher und zweifelnd zu sein.

„Möchtest du auch Nachtisch, Schatz?" reißt ihre Frage dich unverhofft aus deiner Gedankenwelt zurück an den reichlich gedeckten Tisch.

„Klar Schatz, am besten aus dem Fressnapf im Schrank" erwiderst du und siehst entgeistert zu, wie sie herzhaft darüber lacht.
Nach einer Sekunde lachst du sogar mit, scheinbar ebenfalls fröhlich, nur nicht ganz so laut.

- Jein -

Ich mag die Neins, jedenfalls dann, kommen sie aus ihrem bezaubernden Mund.
Ganz kurz nur öffnen sich die vollen Lippen.
Nur ein Hauch von Atemluft lässt Schwingungen an Stimmbändern zu vernehmbaren Tönen werden und schon ist er da, der eiserne Riegel, ihr fester Griff in meinem Nacken.
Es ist gewiss nicht das Ziel einer Frage - oder ihrer devoten Brüder Wunsch und Bitte - eine negative Antwort zu erwirken, aber seien wir ehrlich: Was ist schon ein schwammiges „Vielleicht", ein beiläufiges „OK" oder „Yep" gegen die Härte und Endgültigkeit eines „Nö", „Nope" oder „auf gar keinen Fall"?
Ein Ja bedeutet kurzzeitigen, vergänglichen Genuss, es lässt uns irgendwie mit uns selbst allein.
Es bedeutet nur einen Etappensieg, einen Besuch auf dem Weihnachtsmarkt oder einen Becher Glühwein und trägt zudem immer den faden Beigeschmack der Schwäche, also des Nachgebens um meiner willen, in sich.

Ein Nein hingegen verbindet Schicksale, duldet keine Ausflucht, hat Bestand, Egoismus, Macht und Größe.

Es erzeugt Leid, erfordert Respekt und Erniedrigung dessen, der sich zu fügen hat, betont somit aber zugleich Erhabenheit und Stellung der Person, die dieses Wort zu ihm spricht.

Ich genieße es, sie zu immer mehr Gelegenheiten um ihre Erlaubnis fragen zu müssen, liegt doch schon in der Notwendigkeit ihrer Zustimmung allein solch weitreichende Unterwerfung und Demut.

Meine Unterwerfung und Demut selbstredend, aber hier ist ja auch mein Platz, zu Füßen meiner Herrscher- und Richterin zugleich.

Daumen hoch oder runter, Ja oder nein, fast wie im antiken Rom.

Dass sie mich einengt, mich unterdrückt und reglementiert erzeugt in mir ein warmes Gefühl.

Es gibt mir Sicherheit, Geborgenheit und Stärke, dass sie sich kümmert, ich ihre Mühen wert bin und es sie überhaupt interessiert, was dieser komische Kauz so macht.

Einen sexuellen Reiz hat es auch, vor seiner Angebeteten betteln zu müssen, das gebe ich gerne und voller Vergnügen zu, aber meistens geht es um Hingabe, also weit darüber hinaus.

Weder dem untertänigsten Sklaven noch mir steht automatisch die Flöte, gibt`s nach Belieben der Herrin abends plötzlich Gilmore Girls statt Champions League im TV, aber vielleicht funkeln dafür ihre Augen dabei ja um so mehr, einfach nur so, weil sie es mit uns machen kann.

Ich sah dieses lüsterne, diebische Funkeln bei meinem Schatz in letzter Zeit oft, so manches Mal allerdings gefolgt von bedrückendem Mitgefühl und Zweifeln, sie könne rücksichtslos werden und irgendwann einmal zu weit gehen.

In diesen Momenten leide ich, bereue zutiefst, sie überhaupt gefragt zu haben.

Ihre Unsicherheit trifft mich, überkommt mich wie ein kalter Schauer an einem sonnigen Tag.

Mit einem Ruck reißt in diesen Sekunden die Leine aus ihren Händen, an der sie mich gerade noch so himmlisch sicher leitete, und ich bin frei, frei und orientierungslos.

„Oder soll ich dich doch lassen?" fragt sie mich dann oft, und die Zeit steht plötzlich still.

Ich überlege dann kurz, ob es wirklich Sinn macht, die Verweigerung mehr als die Zustimmung, die Qual mehr als den Genuss und die Unfreiheit mehr als die Souveränität zu lieben, finde aber einfach solch Frieden und Gefallen daran, dass es kein anderes Leben für mich gibt.

Manchmal will ich es doch auch, dieses verfluchte Ja, wenn auch bitte nicht für mich selbst, nicht nur, weil ich so lieb frage, egal wie dämlich das in ihren Ohren vielleicht klingt.

Es gibt keine Lösung für dieses seltsame Rätsel, keine Antwort, die ich ihr in solch schwierigen Momenten geben kann, und so gebe ich alles, was ich habe: ein ehrliches, tief empfundenes und leidvolles „Jein".

- Alles muss raus -

Der Supermarkt ist leer, scheint geradezu verlassen, aber mir macht das nichts aus.

Ganz im Gegenteil, die Atmosphäre entspannt mich ungemein, denn morgens um 7 Uhr gibt`s noch keine Schlangen an den Kassen und keinen Hindernislauf zwischen Regalen, Kunden und gefüllten Einkaufswagen.

Wie ich sie hasse, die Vorweihnachtszeit mit ihren rigoros in Lauf- und Fluchtwegen drapierten Printenständen, ihren Europaletten voll Glühwein, Weihnachtsmännern, Zimtsternen und hässlichen „Tannenparadies" Christbaumständern.

Jeder Quadratmillimeter Verkaufsfläche wird genutzt und ohne Rücksicht auf Verluste derart vollgestellt, dass man sich kaum noch drehen kann.

Das Sahnehäubchen aber, quasi die siebte Plage des Einkaufsbummels, sind Kinderwagen, die gerade im „jungen Szene-Kiez Friedrichshain" längst zur allgegenwärtigen Plage geworden sind.

Rücksichtslos, geradezu Panzerkommandanten gleich steuern selbstbewusste Mamis in noch nicht wieder so ganz sitzender Pre-Schwangerschaftskleidung schiere Ungetüme embryonaler Fortbewegung in die Schlacht um unsere Gehwege. Sie erwarten stets freie Bahn und nehmen sie sich notfalls auch, wenn schon nicht freiwillig dargeboten, dann eben mit störrischer Gewalt.

Schon der Blick, dieses: „Hach bin ich ein wichtiges Glied der Menschheitsgeschichte, ich erhalte schließlich unsere Rasse", verursacht in mir unterschwellige aber rasende Aggression.

Ein Grund hierfür ist sicherlich auch der Drang danach, meinen Platz in der aktuell herrschenden Generation irgendwie zu verteidigen, denn eines ist vollkommen klar: Mit jedem weiteren dieser kleinen Furzkissen auf Gottes weiter Erde gehören wir bereits ein Stück mehr zum alten Eisen, dessen bin ich mir wohl bewusst!

Was uns bleibt, den kinderlosen Mittdreißigern, die man längst aus allen angesagten Klubs vertrieben und von jeder auch nur annähernd exzessiv zu nennenden Party ausgeladen hat, sind die wenigen Stunden zwischen Tag und Nacht. Wir beherrschen die rauchigen Hinterzimmer und die Dunkelheit, wenn die Straße noch gefährlich ist und den Rumtreibern gehört, den Säufern und Unruhestiftern, dem faulen Studentenpack und den „Wochentags-in-die-Kino-Spätvorstellung-gehen"-Freaks.

„Dreizehn bitte vierundzwanzig, DREIZEHN bitte VIERUNDZWANZIG, Dankeeee" schallt es plötzlich durch den Laden, eine fast Übelkeit erregend freundliche Stimme aus dem Off, die blechern klingt und kraftlos in den leeren Gängen widerhallt.

Zielstrebig steuere ich währenddessen bereits auf das Kühlregal im hinteren Bereich der Kaufhalle zu, dabei weder dreizehn noch vierundzwanzig beachtend, wer auch immer das ist.

Schön frisch muss alles sein, schließlich wird es erst gebraucht, kommt meine Freundin später von der Arbeit heim, so gegen vier oder fünf Uhr nachmittags, genau weiß man das nie.

Endlich angekommen ziehe ich einen kleinen, eng bekritzelten Zettel aus der rechten Gesäßtasche meiner Jeans und starre darauf.

Nicht, dass ich ihn wirklich bräuchte, aber manchmal lässt mein Gedächtnis mich erstaunlicherweise doch bereits im Stich, herrschende Generation am Arsch, schon klar.

Dreißig Rohrstockhiebe für Innenschenkel, Fußsohlen und Gesäß, eine Stiege Atemreduktion, zwei Mal streng in Ketten legen, einen Viererpack Edging extrem deluxe…

Schnell füllt sich der Einkaufswagen, gierig schaufele ich alles ohne den leisesten Hauch von Zurückhaltung oder Scham hinein.

Nur verbale Demütigung, eigentlich ein Steckenpferd von mir, ist leider aus. Was solls, nehme ich eben erniedrigende Haltungen im Maxipack, gibt`s einen Dominakuss samt Anspucken gratis dazu, da kann ich nun wirklich nicht widerstehen.

Ich liebe sie, diese Aktionen, dieses geradezu süchtig machende: „Nehmen sie gleich drei, alles muss raus!"

Es verleitet so leicht dazu, auch mal Neues auszuprobieren, was wie damals, mit den Zwölf Ballbustings zum Preis von Vieren, allerdings auch sehr schnell nach hinten losgehen kann.

Allzu leicht schließen die großen Augen Verträge, die Sklave anschließend nicht einhalten kann, jeder hat sein Limit, bitter aber wahr.

In der wohl sortierten Obstabteilung gönne ich mir zum Abschluss gerade 500 Gramm Kopfnüsse und dazu noch zwei Dutzend schallende Ohrfeigen, als plötzlich Rammstein durch den Markt wüten, in ohrenbetäubender Lautstärke und Intensität.

Es braucht einige Sekunden, bis ich begreife, dass ich im Bett liege und gerade beim Klang des Weckers erwache, derart gefesselt bin ich von meinem süßen Traum.

„Wenn das Leben mal so einfach wäre", denke ich mit tief empfundenem Bedauern, während ich meiner Freundin einen Gutenmorgenkuss auf die Stirn drücke und mich ungelenk aus der Koje schwinge.

Kaffee kochen, Brote schmieren, ihre Zeitung reinholen, Einkäufe erledigen, so sieht der Sklavenalltag eben in gelebter Wirklichkeit leider meistens aus, viel zu selten unterbrochen von Angeboten aus dem Supermarkt meiner Träume.

Zugegeben, ich bin ein Glückspilz und sollte dankbar sein für das, was ich hab, aber alles, wirklich ALLES muss eben irgendwann mal raus.

- VERSKLAVT -
DER BDSM-ROMAN

Sind Sie bereit für die Suche nach wahrer Dominanz?
Für eine faszinierende Reise auf dem schmalen Grad
zwischen Liebe, Hingabe, Lust und Selbstaufgabe?

WWW.VERSKLAVT.ME

Foto: Thomas de Gennaro/Pixelio.de

- Die BDSM-Bibel -

Sadomasochismus, Dominanz und Submission

Die BDSM-Bibel: Endlich wieder erhältlich, als
überarbeitete, ungekürzte und aktualisierte Neuausgabe!!

www. BDSM-Bibel .de

Foto: Etienne Rheindahlen/Pixelio.de